마들린느 ❷

마들린느와 쥬네비브

루드비히 베멀먼즈 그림/글 · 이선아 옮김

프랑스 파리, 덩굴로 뒤덮인 오래된 기숙사에
열두 여자아이가 나란히 살고 있었습니다.
아이들은 맑은 날이나 궂은 날이나, 아홉시 반이 되면
두 줄 나란히 산책을 다녔습니다.
그 가운데에서 가장 작은 아이가 마들린느입니다.
마들린느는 쥐 따위는 겁내지 않았습니다.
아무리 추운 겨울날에도 씩씩하게 얼음을 지쳤고요.
동물원의 호랑이를 보고도 "흥! 흥!" 하고 코웃음을 쳤습니다.

어떻게 하면 클라벨 선생님을
깜짝 놀래 줄까요?

마들린느가 다리에서 미끄러져 떨어지기 전까지는
아무도 그 방법을 몰랐습니다.

저런, 가엾은 마들린느는 곧 죽을 것만 같습니다.

그런데 개 한 마리가

물로 뛰어들어,

허우적거리는 마들린느를 끌어 냈습니다.

아이들은 그 용감한 개를 기숙사로 데려왔습니다.

"마들린느야, 이젠 선생님 말 잘 들어야 해."

"자, 따뜻한 차 한 잔 마시렴."

"잘 자요, 꼬마 아가씨들. 좋은 꿈 꾸고."
"안녕히 주무세요, 클라벨 선생님."

클라벨 선생님은 불을 껐습니다.
선생님이 나가자마자 싸움이 벌어졌습니다.
아이들은 서로 제 옆에다 개를 재우겠다고 야단이 났습니다.

새로 온 학생은 영리하고
친절했습니다.

아이들은 새 친구한테서 떨어지려 하지 않았습니다.
아이들은 개한테 쥬네비브라는 이름도 지어 주었지요.
쥬네비브는 비스킷과 우유와 고기를 무척 좋아했습니다.
아이들은 옹기종기 둘러앉아, 쥬네비브가 먹는 것을 지켜보았습니다.

쥬네비브는 노래를 부를 줄도 알았고,
더듬거리긴 했지만 말도 할 줄 알았습니다.

쥬네비브는 산책도 좋아했지요.

눈발이 흩날리기 시작했지만,
집 안은 따뜻하고 아늑했습니다.
어느 새 여섯 달이 쏜살같이 지나갔습니다.

해마다 5월 1일은
무척 바쁜 날입니다.

봄바람이 불던 5월 그 날,
부모님들이 기숙사에 나타났습니다.

그 날은 부모님들이 기숙사를 방문하기로 되어 있는 날이었거든요.
부모님들은 몹시 언짢다는 듯이 말했습니다.

"톡, 톡!" "저게 뭐죠?"
"톡, 톡!" "이리 나와 봐!"
"세상에! 개잖아! 규칙이 있잖소.
'기숙사에 개를 데리고 오면 안 된다' 는 규칙 말이오!"

부모님들 중에서 가장 나이 든 아저씨가 말했습니다.
"클라벨 선생, 저 개를 내쫓으시오!"
클라벨 선생님이 대답했습니다.
"아이들이 저 개를 무척 좋아합니다. 그냥 있게 해 주세요."

뻐꾸기처럼 생긴 그 아저씨가 말했습니다.
"그럴 순 없소.
이런 망신스러운 일이 어디 있겠소?
어린 숙녀들이 혈통도 모르는 잡종개를 껴안다니 말이오!"

"저리 가, 이 지저분한 녀석아!"
"다신 이 근처에서 얼씬거리지 마."

마들린느는 의자 위로 뛰어 올라가서 소리쳤습니다.
"뻐꾸기 아저씨. 조심해야 할 걸요!
쥬네비브는 프랑스에서 가장 우아한 개라구요.
아저씬 꼭 벌 받고 말 거예요!"

"여기서 울고만 있으면 어떡해."

"옷 입고 나가 보자."

"우리가 빨리 준비할수록, 빨리 밖으로 나갈수록……."

"빨리 쥬네비브를 찾을 수 있을 거야."

클라벨 선생님과 아이들은 잘 사는 동네도 둘러보고,

못 사는 동네도 둘러보고,

개가 갈 만한 곳은 다 둘러보았습니다.

쥬네비브를 부르며 온갖 곳을 다 뒤졌지요.

아무리 불러도, 아무리 불러도,

쥬네비브는 나타나지 않았습니다.

경찰관 아저씨가 말했습니다.
"글쎄, 그런 개는 못 봤는데."

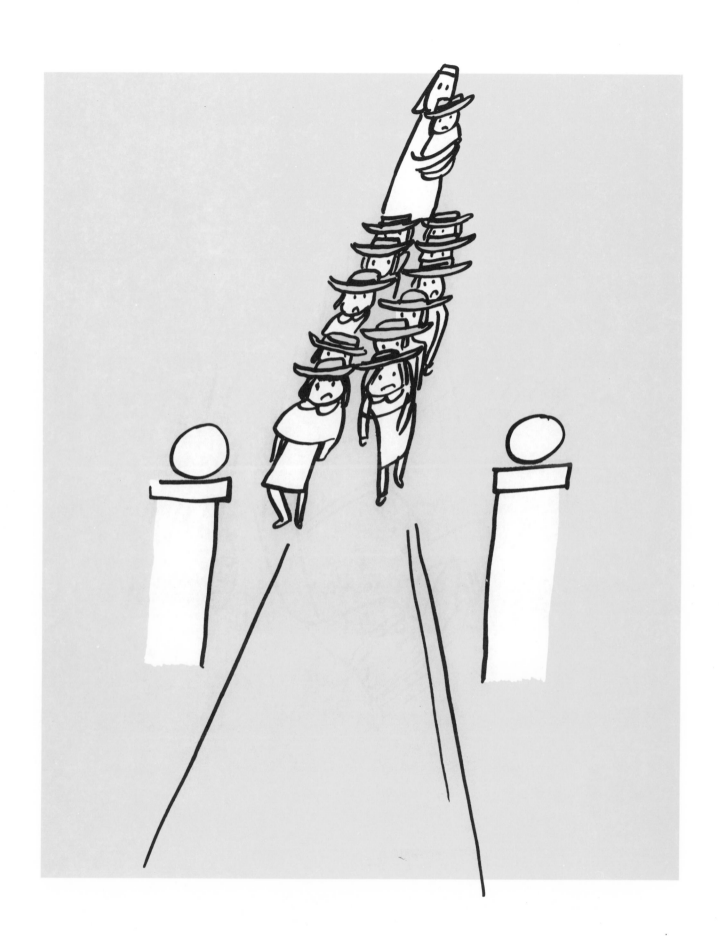

몇 시간 뒤,
모두들 실망해서 터벅터벅 기숙사로 돌아왔습니다.

"쥬네비브, 어디에 있니?"
"쥬네비브, 제발 돌아와."

한밤중에
클라벨 선생님이 불을 켜고 중얼거렸습니다.
"뭔가 이상한데."

쥬네비브가 기숙사 밖에 있는 낡은 가로등 아래서
혼자 앉아 울고 있는 게 아니겠어요!

아이들은 쥬네비브를 쓰다듬어 주고, 먹을 것을 주었습니다.
그러고는 모두들 침대에 누웠습니다.

"잘 자요, 꼬마 아가씨들. 좋은 꿈 꾸고."
"안녕히 주무세요, 클라벨 선생님!"

클라벨 선생님이 불을 끄고 나가자,
다시 싸움이 벌어졌습니다.
아이들은 저마다 쥬네비브를 껴안으며 말했습니다.
"오늘 밤엔 내가 쥬네비브를 데리고 잘 거야."

그날 밤, 클라벨 선생님은
두 번째로 불을 켰습니다.

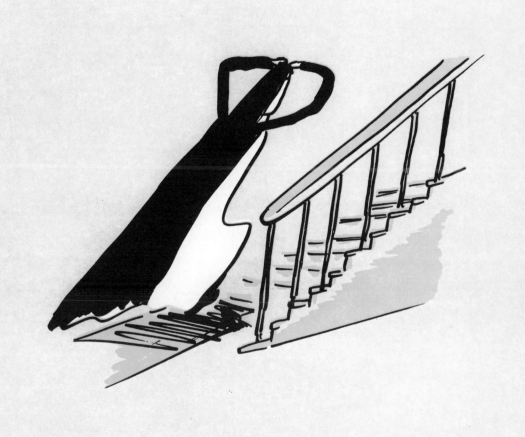

선생님은 무슨 일이 생겼을까봐 걱정하며
아이들 방으로 바삐 뛰어갔습니다.

걸음이 점점 더 빨라졌습니다.

"한 번만 더 쥬네비브 때문에 싸운다면,
안됐지만 쥬네비브를 내보낼 거예요!"

클라벨 선생님은 싸움을 말리고 나서 생각했습니다.
"이젠 좀 조용하겠지."

그날 밤, 클라벨 선생님은
세 번째로 불을 켰습니다.

선생님은 깜짝 놀랐습니다.

갑자기 강아지들이 생겨났지 뭐예요.

아이들이 한 마리씩 골고루 차지할 수 있을 만큼이나요.

루드비히 베멀먼즈(1898~1962)
오스트리아에서 태어났고, 미국에서 활동했다. 가장 많이 알려진 작품으로 마들린느 시리즈 여섯 권이 있다.
《씩씩한 마들린느》로 칼데콧 아너 상을, 《마들린느와 쥬네비브》로 칼데콧 상을 수상했다.

이선아
부산대학교 미술대학을 졸업했다. 지금은 어린이책 전문기획실인 햇살과나무꾼에서 일하고 있다.
옮긴 책으로는 《앤디와 사자》, 《아프리카여 안녕!》, 《신나는 페인트 칠》 들이 있다.

마들린느와 쥬네비브

지은이 | 루드비히 베멀먼즈(그림, 글)
옮긴이 | 이선아
초판 제1쇄 발행일 | 1994년 3월 17일
초판 제19쇄 발행일 | 2004년 12월 5일
발행인 | 전재국   발행처 | (주)시공사
주소 | 137-070 서울시 서초구 서초동 1628-1
전화 | 영업 598-5601 편집 588-3121
인터넷 홈페이지 www.sigongjunior.com

MADELINE'S RESCUE
First published in the United States under the title MADELINE'S RESCUE by Ludwig Bemelmans.
Copyright ⓒ Ludwig Bemelmans, 1951, 1953
Copyright ⓒ renewed Madeline Bemelmans and Barbara Bemelmans Marciano, 1979, 1981
All rights reserved.
Korean translation copyright ⓒ 1995 by Sigongsa Co., Ltd.
This Korean edition was published by arrangement with Viking Penguin,
a division of Penguin Books USA Inc., New York through ShinWon Agency Co., Seoul.

ISBN 89-7259-069-X 77840